BAPTISTE,
OV LA CALOMNIE,
TRAGEDIE,

TRADVITTE DV LATIN de Buchanan.

A ROVEN,

Chez IEAN OSMONT, dans
la Court du Palais.

1613.

L'AUTHEVR AV LECTEVR.

MY Lecteur, ie n'attends
point de gloire de cét ou-
urage, sçachant combien
le labeur des traducteurs est ingrat, Ie te prie seulement d'en excuser les defauts, prenant garde à
la sorte de vers ausquels ie me suis
obligé & au nombre, n'en ayant
employé plus ni moins au Fran-
çois qu'il y en a au Latin, entre
lesquels pour ce suiet, s'il s'en
trouue qui ne te semblent assez fidelement traduits donne-le où à
la pauureté de nostre langue ou
au priuilege des Poëtes, *Debita
carminibus libertas ista.*

PERSONNAGES.

Prologue.
Malchus Pharisien.
Gamaliel Pharisien.
Iean Baptiste.
Le Chœur des Iuifs.
Herodes Roy.
Herodias Royne.
La Fille de la Royne.
Le Messager.

BAPTISTE, OV LA CALOMNIE, TRAGEDIE.

PROLOGVE.

Roté sçauoit (comme nous font entendré
Les Poëtes vieux) toutes figures pren-
 dre
Sans qu'on le peust d'aucuns nœuds ar-
 rester!
On le voyoit en flamme craqueter,
Couler en eau, rugir Lion terrible,
Serpent siffler, arbre verd, Ours horrible,
De tout ainsi les miracles formant:
Mais i'ay trouué que ce déguisement
En verité les oracles deuance,
Car les humains sont à ma connoissance
De vrais Protés, dont les muables cœurs
Changent sans cesse & de forme & d'humeurs,
Au bruit desquels nos fortunes suietes
Sont en risée aux tourbes indiscretes:
Quand quelcun veut d'vne fable parler
Ils vont fascheux tousser pour le troubler
Si'elle est vieille; & si elle est nouuelle,
La vieille lors leur semble bien plus belle,

A 3

Rien de nouueau ne les peut contenter,
Ils en sont saouls auant que d'en gouster,
Des mots bien dits ils ne font que medire
Interpretans toutes choses au pire,
Et adonnez au sommeil ocieux
Loin du labeur deuiennent enuieux
De nos labeurs, sans autre peine prendre
Sinon d'apprendre où ils puissent reprendre:
Si nous auons en quelque poinct erré,
D'vn œil de Linx le voila censuré;
Mais ils sont sourds pour les choses bien dites,
Ie laisse là ces fascheux hypocrites,
Leur front seuere, & leur triste maintien;
Que si quelcun sans passion veut bien
Aux professeurs des sciences plus nettes,
Ie le requiers (car nos ames foiblettes
N'engendrent rien de parfait en tout poinct)
Si ie fay mal qu'il ne me blâme point.

    I'apporte icy vne fable nouuelle,
Mais vn vieil fait plustost ie renouuelle:
Comme iadis Baptiste surmonté
Par faux raports, & par la volupté
D'vn lasche Roy mourut en innocence.

    Chacun au reste à son gré comme il pense
Peut ce discours vieil ou nouueau nommer,
Car si lon doit vn vieil acte estimer
Fait de long temps, c'est vne vieille histoire:
Si ce qui vit d'vne fresche memoire
Se dit nouueau, nouuelle on la dira;
Car tant de temps que le monde sera
Nous ne verrons que fraude & calomnie,
Les bons pressez d'vne meschante enuie,
Le droit forcé & l'innocence aussi.

ACTE. I.

Malchus, & Gamaliel Rabins. Chœur.

Malchus.

Auure vieillesse helas terme voisin
Des iours derniers! ô malheureux destin!
Pour cêt effet m'allongiez-vous la vie!
Denoy-ie voir ma prouince asseruie,
Nos sainEts autels meschamment violez,
Et le prophane & le sacré meslez!
J'ay veu le temple ou n'entroit aucun homme
Brisé du tout, l'or arraché, en somme
L'excez d'Antoine, & l'auare Gabin
Nous ont tous pris, nous ont tout mis à fin,
Faits le ioüet du viure à Cleopatre:
Le petit fils de l'Idume Antipatre
Herodes tient le sceptre rigoureux
Pour de tout poinEt nous rendre malheureux:
Ierusalem de Dieu la bien-aimée
Sert vn meschant, le Iuif sert l'Idumée,
Sion l'Egypte: & si de nostre honneur
Entre les coups d'vn si rude malheur,
Et sous les fers, tousiours quelque estincelle
Restoit encor; la marque telle quelle
Du lieu, des mœurs, à son respeEt forçoit
Nos ennemis; le vainqueur commençoit
Et du senat la plus grande partie
A deferer aux loix de la patrie.
Dessa cecy nous retenoit le cœur

Las de souffrir, quand vn autre malheur
Au fait duquel l'apparence resiste,
Naist tout soudain: c'est vn nouueau Baptiste
Non engendré de prophanes parens,
Non esleué par estrangeres gens,
Mais né dans nous, & de race Leuite,
Voüé à Dieu dés son âge petite,
Fils d'vn grand Prestre, & grand Prestre futur
S'il n'eust voülu d'vn fraix encor trop dur
Rauir plustost la gloire conuoitée
Que la cueillir en son temps apprestée:
Viuant tout seul és lieux plus écartez,
Faisant le saint en ses austeritez,
Il a trompé le vulgaire peu sage,
D'vn rude poil, & d'vn viure sauuage,
D'habits de peaux, & de semblables ieux,
Desia de tous il tire à soy les yeux;
Le monde croit que c'est quelque Prophete,
Et par monceaux desia chacun s'arreste
Autour de luy; on court à foule aux champs
Pour l'admirer; Il est aimé des grands,
Et craint des Roys; & fier de la sottise
Du peuple bas, comme vn autre Moyse.
Change nos Loix; il ose baptiser,
Et par nouueaux vsages abuser
Des vieux statuts: pour mener du vulgaire
Plus aisément la fureur temeraire,
Il va blâmant nos peres de tout poinct:
Que s'il auient qu'on ne rabate point
De ce larron l'insolence si forte,
La saincteté du monde s'en va morte,
Elle se meurt, elle est morte vrayment.
Ga. Rien ne nous sied fait temerairement,

La douceur est aux vieillards conuenable;
Des ieunes gens la faute est pardonnable,
Mais qui pourroit excuser nostre erreur?
Il faut laisser attiedir sa douleur;
Appaisez-vous, donnez place à vostre ire.
Ma. Gamaliel donques à vostre dire
Vous approuuez ce que fait ce vaurien?
Ga. Non Malchus non; ny en mal ny en bien
Ie n'en dy mot autant que le connoistre;
Mais il n'est point meschant, & ne doit estre
(Comme i'entens) oppressé d'vn chacun.
Ma. O terre! ô Ciel! cét homme a donc quelcun
Pour protecteur de sa vie meschante!
Ga. Blâmer le mal, prescher chose decente,
Viure soy-mesme ainsi qu'on va preschant,
Me direz-vous que c'est estre meschant?
Ma. Quitter les Loix, dresser sectes nouuelles,
Vsages neufs, assaillir de querelles .
Les Magistrats, mesdire pour vn rien
De nos Prelats, est-ce estre homme de bien?
Ga. Si nous estions Iuges autant seueres
De nos façons comme des estrangeres,
On verroit moins nos crimes s'éuenter
Dans le public; que sert de nous flatter?
Que bien-heureux le peuple nous reclame?
Diuins, entiers, chastes, & de bonne ame?
Si auons-nous de grands vices chacun.
Ma. Et pour cela, le moindre du commun
Pourra-il donc médire d'vn grand Prestre?
Le peuple sobre & attentif doit estre,
Porter le ioug, obeïr, & le Chef
Doit punir ceux qui font quelque méchef,
Se donner Loy; s'il fait mal son office,

Dieu qui le voit en fera la iustice.
Ga. Cette loy donc te semble iuste? Ma. Ouy.
Ga. Comment? Ma. Parce que le peuple esblouy
N'a que l'erreur en propre & l'ignorance.
Ga. I'en voy d'entr'eux qui souuent en prudence
Ne cederoient aux Princes ny aux Rois.
Ma. Quittons leur donc nostre place & nos droits!
Ga. Moyse & Dauid menoient les brebis paistre.
Ma. L'esprit de Dieu tous sages les fit estre.
Ga. L'esprit de Dieu aussi l'enseignera.
Ma. Pour l'enseigner il nous negligera.
Ga. Dieu n'a souci des sceptres, des noblesses,
De nos parens, des beautez, des richesses,
Mais d'vn cœur pur qui ne soit point gasté
De cruauté, de fraude, ou volupté.
Le sainct Esprit dans vn tel temple habite.
Ma. Vous approuuez cette secte maudite
Gamaliel à vous ouyr parler!
Quant est de moy ie ne le peux celer.
Ces façons là sont indignes des vostres,
Vous qui deussiez par dessus tous les autres
De nostre charge authoriser l'honneur,
Vous le perdez; & ce en la faueur
D'vn ieune fol: pour Dieu vueillez me dire
Quelle esperance ou quel gain vous attire?
Celuy peut-il qui presche pauureté
Et qui s'oppose à nostre dignité
Vous faire auoir des biens ou de la gloire?
Ga. Par trop Malchus vous vous trompez de croire
Que nous puissions tenir nostre grandeur
Par vanité, par force, ou par rigueur,
Nos peres vieux paruindrent au contraire.
Ma. Le vieil, aux vieux, le nostre nous doit plaire.

Selon le temps il nous faut viure ici.
Ga. Les gens de bien, de bien-faire ont souci.
Ma. S'il nous restoit de l'humeur paternelle.
Ga. Nous reglerions nos mœurs à leur modelle.
Ma. Sans menacer mourroit ce vautneant.
Ga. D'estre cruels il nous est messeant.
Ma. Tout est pieux ce qu'a Dieu lon dedie.
Ga. Occir sans cause est pieté impie.
Ma. Est-ce sans cause, il renuerse nos loix?
Ga. S'il a failli tancez-le à haute voix.
De vostre esprit faites voir la lumiere,
Vous en aurez la gloire toute entiere
Le reduisant; Il est ieune & sans art,
Vous estes sage & habile vieillart.
Ma. Par la douceur vn tel mal ne s'appaise;
Il faut la corde, ou le fer, ou la braise,
Et plus, si plus se peut excogiter.
Ga. Bien qu'il soit tel, ou pour vous contenter
Encore pis, vous deuez par auance
Tout doucement luy faire remontrance;
Car on diroit que plustost vous perdez
L'homme douteux, que la main ne tendez
Au déuoyé; vous serez plus loüable
Quand on sçaura que voulez pitoyable
Sauuer chacun, & ne perdre que ceux
Qui sans raison se perdent malheureux.
Pensez au moins auant que la furie
Porte plus loin vostre esprit, ie vous prie
Que vous vaudra d'estre tant animé?
Ma. Sa mort rendra l'incertain confirmé,
Les bons contens, les factieux paisibles,
Et dans son sang nos loix seront visibles.
Ga. Montrez plustost que vous auez porté

Tous les assauts d'vn tyran irrité
Ains que vouloir à ce saint homme nuire
Que par raison vous ne sçauiez destruire.
Ma. Qu'il soit tout graue & tout saint, nonobstant
L'esprit de Dieu n'est en luy, reietrant
De nos ayeulx les statuts venerables:
Si ie ne peux vous trouuer secourables
Contre ce mal, i'auray recours au Roy.
Ch. Gamaliel vous dit bien, quant à moy
I'en suis d'auis: mais l'ire forcenée
Du bon conseil, ennemie obstinée
Luy clost l'orcille, & trouble ses espris.
Ga. Il est party plein d'ire & de mespris:
De moy i'ay fait ce qui m'estoit possible
Pour amolir sa colere terrible
Par doux propos, & conseil asseuré:
Mais tant s'en faut qu'il m'en aye aucun gré
Il veut ingrat de haine me poursuiure
Pour ce bien-fait: c'est la façon de viure,
C'est le plus grand des maux que nous faisons
Qui d'habits saints le vulgaire abusons;
Les Loix de Dieu vaines nous pouuons rendre,
Et si quekun veut les nostres reprendre
Il nous le faut par argent renuerser,
Empoisonner, ou bien faire oppresser
Par faux tesmoins: pres du Roy lon auance
Mille faux bruits; tout ce qui nous offense
Nous le vangeons par quelques faussetez
Et embrasant les esprits agitez,
De calomnie armons l'ire mutine.
Vers le Palais le voila qu'il chemine
Effrontément, Il dira que lon fait
Sectes à part, qu'on laisse sans effet

es saintes mœurs, que le Royal Empire
ert de risée, & ce qu'il pourra dire
Pour donner lustre à sa meschanceté:
'il apperçoit le Roy estre irrité
l sera pis, il dira qu'on proiette
De le tuër, que l'on parle en cachette,
Qu'on tient conseil en secret, & qu'on fait
Tous les apprests d'un insigne forfait,
Qu'on va de nuiĉt, & que par faits iniques
Plusieurs prinĉez augmentent leurs pratiques.
l le feindra, & bien plus, comme il est
D'un foible esprit, qui barbare se plaist
A faire mal; sont les liqueurs fatales
Qu'il va verser, és oreilles Royales.
'est un defaut ordinaire à sous Rois
Ou peu s'en faut, d'incliner à la voix
Des raporteurs, & suiure ce qu'ils feignent
De plus cruel; sans sujet ils se craignent,
Le moindre bruit distrait leur iugement;
Que si quelcun parle fidelement,
l est stupide & plein de couardise;
Ainsi les noms de vertu l'on déguise,
Et nous trompons le vulgaire souuent,
Estans remplis moins d'effet que de vent.
Mais cependant ie desire qu'on traite
De nostre part doucement ce Prophete;
Si Dieu l'enuoye & l'auouë pour sien,
D'y resister on ne gagnera rien:
Si quelque fraude au contraire il machine
Il s'armera luy-mesme à sa ruine:
Chacun en peut discourir librement,
Mais en ceci s'on croit mon iugement
L'on cessera toute cruelle enuie,

Sans prodiguer d'vn saint homme la vie,
De peur qu'apres nous ne portions les coups.
Qu'vn autre auroit deuant soufferts par nous;
Herodes n'est desia que trop seuere,
Sans embraser des feux de la colere
La cruauté de son cœur furieux.

CHOEVR.

Vel voile obscur en ce val de misere
　　Dérobe le iour à nos sens!
En quelle nuict d'vne suite legere
　　Passons nous le cours de nos ans!

Les impudens rien que honte ne chantent,
　　Les impies que pieté;
Les plus troublez de leur repos se vantent,
　　Les menteurs de leur verité.

Celuy qui fut le miroüer de sagesse
　　Auec sa triste grauité,
Voila la rage auiourd'huy qui le presse
　　Boüillant d'ire & de cruauté.

Comme en Ætna la flame petillante
　　Desioint & croule maints cailloux;
Comme le feu cuit en flaméche ardante
　　Le suif auparauant si doux.

Cét homme ainsi des fureurs de vengeance
　　Contre ce Prophete emporté
De crimes faux combat à toute outrance
　　L'honneur de son integrité.

Ambition fastueuse arrogante
    Nourrice de tout ce malheur!
Gloire qui n'es en ce monde luisante
    Que du fard d'vn petit d'honneur!

D'vn doux venin tu charmes les courages
    Qui releuent de ton conquest,
Et bannissant de raison les vsages
    Tu les troubles comme il te plaist.

Le vray te fuit, & le diuin hommage,
    La foy pure & la honte aussi;
Et celle-là digne d'vn meilleur âge
    Qui derniere partit d'ici.

Si quelque ouurier pouuoit par sa science
    Des humains déuoiler le front,
Et pour montrer tout ce qu'vn chacun pense
    Ouurir nos cœurs iusqu'au profond.

Vous y verriez plus de monstres au giste
    Dans vn petit antre à la fois,
Que n'ont le Gange, & l'Afrique, & l'Egypte,
    Et le Caucase dans ses bois.

Là sont le Tigre & la fiere Lionne
    Et les Loups alterez de sang,
Le Basilic dont l'air seul empoisonne,
    Et l'Aspid qui tuë en dormant.

Le Scorpion que la queuë fait craindre,
    Le Crocodil aux feintes pleurs,
L'Hyene aussi qui nostre voix sçait feindre,
    Et les Renars tousiours trompeurs.

La pieté cache vn cruel Empire,
    La robe les meschantes mœurs;
Et la vertu seulement se retire
    Sous le chaume & loin des grandeurs.

Elle se rit des bruits du populaire
    Les Magistrats ne luy sont rien,
Et bien-heureuse elle vit solitaire
    Seule se connoissant fort bien.

ACTE. II.

Royne.   Herodes.

Royne.

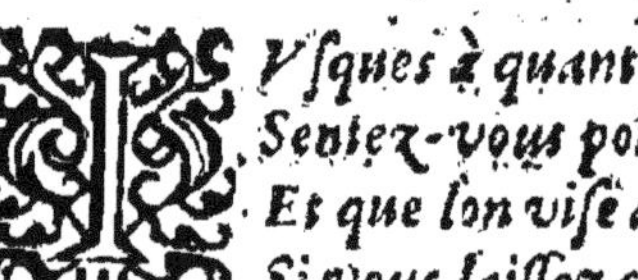

Vsques à quant serez-vous sans mot dire?
Sentez-vous point ébranler vostre Empire,
Et que lon vise à vous faire mourir?
Si vous laissez ce factieux courir
Encor vn an, Il ne craindra plus guere
Ne fers, ne mort, superbe il considere
Desia sa force, & tant a de suiuans
Qu'on ne peut voir vos gardes ni vos gens.
He. Que craignez-vous d'vne troupe sans armes?
Ro. De toutes gens il faut estre en alarmes,
Si vous souffrez qu'on s'assemble de nuict.
He. Mais il remontre au peuple qui le suit.
Ro. Craignez plustost quelque supercherie.
He. La sainteté de l'homme y contrarie.
Ro. De ce rempart le vice se fait fort.
He. Des grands Seigneurs il faut craindre l'effort.
                                        Ro. Les

Ro. Les trahisons viennent des hypocrites.
He. Mais que pourroient contre un Roy ses poursuites?
Pauure, tout nud, qui d'herbes se nourrit,
D'eau fait son boire, & de terre son lict.
Ro. Son vestement & son visere est visible,
Mais ce qu'il cache au cœur est inuisible.
He. Sont pauures Roys qui craignent telles gens.
Ro. Qui ne craint rien ne regne pas long temps.
He. Qu'auons-nous donc qu'on ne puisse destruire?
Ro. Tout, en ostant ce qui nous pourroit nuire.
He. C'est aux tyrans à perdre leurs amis,
Mais les bons Roys sauuent leurs ennemis.
Ro. Bien que mourir ou tuer vous ennuye,
Perdez plustost l'ennemy que la vie.
He. C'est trop de mal si lon n'y est forcé.
Ro. C'est trop de mal, vous estes offensé!
De vostre Sceptre on cerche la ruine,
Contre les Loix le peuple se mutine,
Lon a mis bas toute Religion!
Regardez bien sous cette opinion
Qu'au lieu de doux iniuste on vous appelle,
Car en ceci la douceur est cruelle:
En pardonnant à ce seditieux
Vous perdrez ceux qu'il arme factieux
Encontre vous. Mais feignez qu'il aduienne
(Comme on verra) que le vulgaire tienne
Le fer en main, que Belonne aux meschans
Permette tout, qu'on delaisse les champs,
Que Mars douteux brule toutes nos villes,
Que deuant nous on viole nos filles,
Lors que les Loix n'auront plus de vigueur,
Vous blâmerez trop tard vostre douleur.
Mais le voici l'autheur de cette peste.

Ce grand censeur, demandez luy le reste,
Vous en sçaurez plus qu'on n'en a conté.
Vous meritez d'estre mal respecté,
Qui prouoquez les meschans par clemence.
He. C'est aux bons Roys ayans grande puissance
D'en vser peu. Ro. Ha que cela est bien!
Vous regnerez au gré de ce vaurien.
Où est ce cœur de Roy. He. Sortez, n'importe,
Laissez moy faire, Ro. Il faut bien que ie sorte
Qu'on ne m'offense encor comme deuant.
Puis que la Royne aux moindres va cedant,
Quelle Iustice espereront les autres?

Herodes.   Iean.   Le Chœur.

He. Est-elle hors? Sus, disons cependant,
Il ne faut point t'espouuanter pourtant
Si vne femme, vne Royne offensse
Noble, puissante, & riche est courroucée;
Tu m'es toy-mesme vn tesmoin asseuré,
Que ton salut i'ay tousiours desiré,
Car contre toy tout le peuple se bande
Et criminel à la mort te demande;
Les grands Seigneurs, & les Prestres aussi,
Chacun s'en plaint; le suiet; le voici
En peu de mots. Tu gastes de conuices
Publiquement toutes sortes d'offices,
Par le venin de tes nouuelles loix
Sont corrompus le peuple & les vieux droits,
De cris mutins la publique asseurance
Et mon Estat par toy sont en balance;
Pour opposer les soldats à leur Chef,
Le peuple au Roy; Tu promets derechef

Vn regne neuf: Tu dis pour leur complaire,
Qu'ils seront francs de la main estrangere,
Tu entretiens leurs rebelles desseins,
Et faits armer insensé les Romains
Comme ennuyé de nostre patience:
Qu'aurois-tu craint de faire en mon absence
Qui deuant moy mes nopces viens blâmer!
Qui contre moy t'efforces d'enflammer
L'ire du peuple, & veux nous mettre en guerre
Mon frere & moy; & comme si la terre
Ne suffisoit à ta meschanceté,
Apres auoir tout contre tous tenté,
Tu vas au Ciel essayant de destruire
Les saintes Loix qui gardent cet Empire:
Chacun le dit, & l'on crie apres moy
D'en tant souffrir; toutesfois contre toy
Ie n'ay rien fait; & ce que pourroit faire
En ta faueur vn Iuge debonnaire,
Encor de moy atten-le maintenant:
Ie ne suis point si conuoiteux de sang
Tyran sorti d'Egypte ou d'Assyrie,
Cette terre est ma mere & ma patrie,
Comme à vous tous; quand quelques-vns sont morts
Ie pense voir les membres de mon corps
Que l'on arrache, & mon sang qui distile;
Ie te seray iuste Iuge & facile:
Excuse toy de tous les autres faits
Qu'on te met sus; pour moy ie te promets
Et pour les miens d'en oublier l'iniure,
Tu connoistras comme i'ay plus de cure
De l'interest du public que du mien;
Et puisses-tu t'en descharger si bien
Que faisant voir ton innocence claire

I'aye suiet de n'estre point seuere.
Ch. Par ce moyen honoré vous viurez
Et cher à tous: les Roys sont asseurez
Non par leur or ni leurs gens de seruice,
Mais par leur foy maintenant la Iustice.
Iean. Ceux ausquels Dieu fait les Sceptres porter
Doiuent peu croire & beaucoup écouter;
Par gain, faueur, douleur, ennie, ou crainte
La verité bien souuent est esteinte:
Si i'ay parlé du peuple ou des Prelats
Plus rudement que ie ne deuoy pas,
Il faut premier qu'ils corrigent leur vie
Que de blâmer mes propos par ennie;
I'ay eu le soin d'accuser en public
Les maux publics; Ie n'ay rien fait ne dit
Secrettement, mais ie repren les vices
Sans cercher lieux ni gens à ses offices;
Quand les Soldats vouloient sçauoir de moy
Comme ils plairoient & à Dieu & au Roy,
Ie leur ay dit vous ne deuez point nuire,
Ne dérober, ne forcer, ne seduire,
Ne desirer plus que vostre pouuoir;
Des nouueautez ie ne presche l'espoir,
Et vous & moy croyons par les Prophetes
Ce que ie dy; de tant de mille testes,
Contre le Prince vn seul n'a rebellé
Par mon conseil, si ces bruits ont vallé.
Ou si quelcun les a feints en cólera
Pour m'offenser, la verité plus claire
Le fera voir: C'est un grand argument
Que i'ay toufiours respecté saintement
Les vieilles Loix, quand celuy qui m'accuse
Ne paroist point, mais va porter par ruse

Ses bruits menteurs où il pense estre creu:
Si i'ay nié que vous n'ayez pas peu
Tenir de droit la femme à vostre frere,
Pour vos plaisirs faut-il à Dieu déplaire?
Las, ie voudroy que d'vn mesme desir
Les Courtisans prinssent plustost plaisir
A dire vray par conseils profitables:
Qu'à déguiser les choses dommageables,
A plusieurs maux le pas seroit bouché;
Si quelque poinct autresfois i'ay touché
Trop librement, vous sauteur de Iustice
En bonne part recevez-le propice,
Mettez vn borne à vostre authorité
Tel que les Loix le vous ont limité,
Car mesme droit qu'auez dessus les vostres,
Dieu Roy des Roys l'a sur vous & les autres;
Partant sçachez que de luy vous aurez
Le mesme arrest que vous me donnerez.
Hé. Estant aux Cieux parle comme Celeste,
Contre nos droits ici bas ne conteste.
Ie. Regnes & Roys ie respecte en ce lieu,
Mais ma patrie est au Ciel ie sers Dieu.
Hé. Enuers les Roys paroist ton humble office
Qui veux ici qu'à tes loix i'obeisse.
Ie. Par moy le peuple obeïroit aux Rois,
Les Roys à Dieu, si ie faisoy les Loix.
Hé. C'est trop parlé: Or sus qu'on le remene,
I'en doute encor, & tant que plus certaine
Me soit la chose, il n'en faut rien iuger.
Ch. Las, celuy croit vn miroüer mensonger
Qui d'vn tyran les paroles obserue
Pensans y voir ce que son cœur reserue.
Dieu face tous reüssir à bon-heur,

Ie n'oserois en declarer ma peur.
He. Combien des Roys l'Estat est miserable!
Pour le montrer nul discours n'est capable,
A le penser nul sens ne suffiroit:
Seuls bien-heureux le vulgaire nous croit,
Libres & francs, que la pauureté presse,
La peur assaut, la seruitude blesse:
Ce que le peuple aime, desire, ou craint,
Il le confesse, & sans estre contraint
Iouit du sien: Mais il nous faut contraindre
A voir chacun benignement & feindre
Deuant les gens d'estre humains & courtois,
Dire en public le droit, & quelquesfois
D'vn cœur couuert differer nostre hayne,
Ou si gesnez de quelque grande peine
Nostre esprit craint, menacer rudement:
Vn Roy cruel est hay, trop clement
Est mesprisé: esclaue du vulgaire
De mon vouloir ie ne sçauroy rien faire:
Si ie puny ce Prophete on criera;
Si ie le sauue, il me ruinera:
Que dois-ie donc? suis-ie encor à le dire!
Songeons pour nous, & gardons nostre Empire:
S'il faut seruir le peuple pour regner,
C'est grand folie apres d'abandonner
La Royauté, pour complaire au vulgaire
Prompt à la ioye, & prompt à la colere:
Ie veux par sang mon Royaume establir,
Le peuple apres se pourra bien mollir.
Ce mal sera sans remede s'il passe
Encor plus loin: desia deuant ma face
Vn sale Hymen il m'ose reprocher;
Si ie l'endure, il sera bien marcher

Plus oütre encor son audace felonne,
Deſſus ſon chef il mettra ma couronne,
Deſſous ſes loix mon Sceptre fléchira
Et ſur les Roys luy-meſme regnera.
De ce malheur il faut couper la ſtame,
Et eſtouffer ceſte nouuelle flame
Qu'elle ne croiſſe: en ſouffrant les vieux maux
Vous prouoquez des attentats nouueaux?
Si contre luy l'ay la voix du vulgaire
Tant mieux pour moy; ou s'il ne ſe peut faire
A mon Eſtat ie veux tout poſtpoſer,
Si ce Malchus de nos loix veut cauſer,
Si curieux maints brouïlles il apporte
Par ſes diſcours, de cela ne m'importe
Pourueu qu'enfin mon peuple ait ceſte loy,
Qu'outre les loix tout eſt permis au Roy,
Et ce qu'il fait eſt touſiours legitime.

CHOEVR

Rand Dieu qui de rien feis le monde
Craint au Ciel, en la terre, en l'onde,
   N'eſt-ce pas de toy que l'on dit
Que iadis vne main puiſſante
   Pour nous accommoder perdit
Mainte prouince floriſſante?

Quand du Ciel la grace ſupréme
Au milieu de l'ennemy meſme
   Nous faiſoit trauerſer ſans peur
Rompant leur perfide exercite,
   Ce fut bon Dieu par ta faueur,
Et non point par noſtre merite.

Faut-il que tu nous abandonnes
Pour seruir de fable aux personnes
Qui méprisent la pieté,
Qui n'ont que la fraude en estime,
Et qui sont par leur cruauté
Dé ton saint peuple vne victime?

On nous massacre nos Prophetes;
Si quelque mal vient sur nos téstes
Les tyrans en sont esleuez,
Les coulpables tiennent l'Empire,
Et les tourmens sont reseruez
Pour ceux qu'on y deuroit eslire.

Seigneur soulage nos affaires,
Fay toy voir à nos aduersaires
Tel que t'ont veu nos anciens
Fuitifs des Menphides contrées
Submergeant les Egyptiens
Dedans les ondes empourprées.

Ou tel que te vit Elisée
Versant mainte flamme embrasée
Du Char que tu allois guidant;
Afin que toute erreur bannie,
Et l'Orient & l'Occident
Sçache ta puissance infinie.

ACTE

ACTE III.

Malchus, Iean.

Malchus.

SI Dieu mettoit le choix dedans tes mains,
Tant incertain est l'estat des humains!
Tu ne sçaurois que laisser ni qu'élire:
Car qui pour soy ou ses amis desire
Honneurs & biens, souuent ils ont perdu
Leurs possesseurs, & le lien tendu
A son haineux, sa prison, son absence
Luy font honneur, & à toy de l'offense!
Ce que l'esprouue en mes perils soufferts;
Car cependant que par les monts deserts
Ce baptiseur le vulgaire enforcelle
Et trop credule, apres soy les appelle,
I'ay seul gardé l'honneur Pharisien,
Et n'ay cessé qu'on n'ait par mon moyen,
Lié les mains de ce nostre aduersaire
Les autres tous refusans de le faire.
Et qu'on ne l'ait emprisonné de court:
I'ay ses mesfaits publiez en la Cour:
Mais rien n'ont peu crimes, prison, ni chaisnes;
De ce venin les ames sont si pleines,
Et le vulgaire est tellement gasté
De ce poison, que son aduersité
Est honorée, & pleurent sa fortune;
Ils vont marquant ma presence importune
Ou que ie voise, & au doigt, & à l'œil:

A cét impie vn chacun fait accueil,
Qui vit sans ordre & corrompt toutes choses;
Ils couchent tous deuant ses prisons closes.
Sommes-nous pas des plus mal-fortunez
Qui pour le bien du peuple destinez
Laissons le nostre, & de tous nos seruices
Pour ces ingrats perdons les bons offices,
Desquels l'esprit malignement diuers
Veut mal aux bons, & cherit les peruers!
Que deuiendray-ie? & dequoy me plaindray-ie?
Qui tanceray-ie? ou qui assisteray-ie?
Vn faux Prophete au meschant peuple plaist,
Le Roy conniue, & le Rabin s'en taist,
Les principaux ne font rien, seul i'appuye
Sur ce mien dos les Loix de la patrie,
Ie plains tout seul vne communauté.
Quoy! faudra-il quitter ma dignité!
Trahir des Loix la saincteté prisée!
Qu'à mes haineux ie seruie de risée!
Ie le feray: pourroy-ie seul porter
Ce que chacun refuse de tenter!
M'exposeray-ie à la perte publique!
Dieu soigne au sien, puis que chacun pratique
Faire pour soy, il me faut viure ainsi;
Si ie fay mal me meslant de ceci,
C'est à mon dam, & ceux qui font hommage
A mon bon-heur me tourneront visage;
Si ie fay bien, ie seme vn champ steril
Dont ie n'auray qu'enuie, & que peril:
Tard ton conseil Gamaliel m'engage,
S'il est trop tard quand on peut estre sage,
Pour ma vertu ie seray regretté
Non pas puny pour ma temerité.

Chacun verra comme il luy en doit estre,
Pour m'en parer ie veux me bien remettre
Auec cêt homme, il est simple & ie croy
Le voudra bien: s'il se montre enuers moy
Par trop fascheux, craignant qu'on ne m'accuse
De son malheur. Ie feray tant par ruse
Que le vulgaire en fin n'en croira rien,
Et par ainsi tout se portera bien.
Mais le voicy, tenez quelle conduitte
Ce sacrilege à toussiours à sa suitte!
Et cependant en nos chaires assis
Dans la cité nous demeurons oisifs,
Mais entendons premier ce qu'il propose.
Ie. O grand recteur, auteur de toute chose,
Tout ce que l'air dedans son sein contient,
Ce que la terre esleue & entretient,
La mer nourrit dans son vaste repaire,
Te reconnoist comme Dieu, comme pere,
Et tes statuts garde immuablement:
Le renouueau par ton commandement,
Produit les fleurs, l'esté les fruits, l'automne
Baille le vin, & l'hyuer enuironne
Les monts de neige: en la mer l'eau descend
De tous costez, & puis la mer la rend:
La nuit phœbé, le iour, Phœbus esclaire
Tournant le monde en sa course ordinaire:
Bref il n'est rien soit çà bas, soit là haut
Qui n'obeisse à son Roy comme il faut,
N'aime son pere, & ne face à son maistre
Par tous moyens son bon vouloir paroistre:
Mais l'homme seul qui principallement
Doit seruir Dieu en tout contentement,
Plus que pas vn par licence indiscrette

Et par mespris, le frein des Loix reiette,
Prompt à tout mal, mesurant l'equité
A sa puissance & à sa volonté.
Ma. Iusques ici on ne luy peut que dire.
Ie. Encor pas tant cét erreur ie n'admire
Et ignorans, qu'au peuple qui se dit
Estre de Dieu l'heritage, & mesdit
De tout le reste en l'appellant impie,
Veu que luy-mesme en sa meschante vie
Passe tous ceux que l'œil du monde voit.
Ma. Il n'a rien dit encor que ce qui doit.
Ie. Le seul vulgaire à ce vice ne panche,
Mais le Leuite auec sa robe blanche,
De leur sçauoir les Scribes insolens,
Et vous vieillards honorez pour vos ans,
Fornoyez tous, deuant vostre presence
Et l'orphelin & la vefue on offense,
Les petits sont par les riches foulez
Le tort le droit & venaux & meslez.
Ma. Peux-ie l'entendre & me taire! ha l'enrage!
Ie. Mais vous Rabins vsurpans l'auantage
Pour la science & pour la sainteté,
Prestres aussi sacrée dignité,
Et vous le Chef de la sainte Cohorte,
Dismez tout fruict que la terre rapporte
Iusqu'à l'Anet, la ruë, & le foin verd,
La mente, l'ail, l'ortie aussi vous sert,
Mais quand il faut expliquer les Prophetes,
Ou de mieux viure enseigner les preceptes,
Vostre pouuoir est perclus en cela,
Et chiens muets vous n'abayez point là!
Vous ne chassez de vos laineuses bestes
Les Loups hurlans: que di-ie Loups? vous estes

Vous mesmes Loups, escorchans le troupeau
Pour en auoir la chair, le laict, la peau.
Vous vous paissez des brebis sans les paistre.
Ma. Loin loin d'ici la concorde puisse estre,
Quoy! que ie souffre ainsi plus longuement
De mon Estat médire insolemment!
Quand Dieu m'auroit enuoyé pour ce faire
Du Ciel exprès, i'aimeroy mieux déplaire
A son vouloir, que d'écouter cela.
Ie n'en puis plus. Hau bon homme vien çà,
Maistre du peuple, enseigne-tu ces choses?
Est-ce cela qu'aux tourbes tu proposes?
Ie. Rien ne te touche estant homme de bien.
Ma. Faire le Prestre est-ce le pouuoir tien?
Ie. Quand on médit des meschans, c'est bien dire.
Ma. Le ieune doit soubs les vieux se reduire.
Ie. A Dieu plustost chacun doit ce souci.
Ma. Dieu s'enioint-il de dire tout ceci?
Ie. De dire vray, la verité ordonne.
Ma. Taire le vray sert à mainte personne.
Ie. Faire du mal pour en auoir profit?
Ma. Est-ce mal fait si le mal on ne dit?
Ie. Voir tant de gens perir & le permettre,
Ouy c'est mal fait, si ie les peux remettre.
Ma. Remettre toy! nous paissons le commun.
Ie. Si escorcher & paistre ce n'est qu'vn.
Ma. Laisse nostre œuure, & pren soin de la tienne.
Ie. De mes voisins l'affaire c'est la mienne.
Ma. Qui donc es-tu, que tant te soit permis?
Es-tu ce Christ à nos peres promis?
Ie. Nenny. Ma. Prophete? Ie. Aussi peu. Ma. Ni Helie?
Ie. Non ni Helie. Ma. Encore ie te prie
N'estant Prophete, Helie, ou Christ, dy nous

Quel tu peux estre, ainsi donnant à tous.
Nouueau baptesme en façon arrogante?
Ie. Ie suis la voix par les deserts criante
Cheminez droit, preparez les sentiers;
Le Seigneur vient, par qui les monts altiers
Rabbaisseront leurs cimes plus hautaines,
Et les vallons s'allongeront en plaines;
Ie laue d'eau les peuples en son nom
Indigne encor de toucher le cordon
De ses souliers, que nul ne peut connoistre
Bien qu'il vous hante & se face paroistre.
Ma. Quels laqs il noüe & comme il les desfait!
Encor par quel miraculeux effet
Peux-tu prouuer ta puissance si grande?
Ie. Par quel miracle aussi ie vous demande
Donnez vous force à vostre authorité?
Ma. Ha le fuyart! ce qui t'à transporté
Se connoist bien, encor que tu le celes;
Tu veux venir puissant par tes cauteles,
Te faire grand de nostre abbaissement,
Et t'enrichir à nostre détriment.
Ce n'est pas nous, toy-mesme tu t'abuses,
Tu n'as premier pratiqué telles ruses,
Mais le dernier en puisses-tu patir.
Si mon conseil ne te peut conuertir,
Et que par toy le peuple qui desuoye
Ne soit remis en sa premiere voye.
I'en ay bien veu qui par l'austerité
De leurs habits ont long temps affecté
Qu'on admirast leurs modestes simplesses,
Puis esleuez en honneurs & richesses
Par ce moyen, descouuroient leurs espris,
La probité leur estoit en mepris,

Donnans la bride à leurs mœurs naturelles:
Que si tu croy atteindre par ces aisles
Les grands honneurs, ta sottise te pert,
Par ce chemin la gloire ne s'acquiert,
Où la maistresse experience, & l'âge
M'ont bien trompé en cét apprentissage;
Choisi plus tost pour ta commodité
Vn bien certain que plein de vanité.
Ie. Si ie dy vray, & fay bien, quelle offense?
Pas vn doit-il m'imposer le silence?
Si ie dy faux, montrez comme i'ay tort.
Ma. On t'en fera repentir par ta mort.
Ie. Aux gens craintifs proposez ces menaces.
Ma. Dans peu de iours, malgré tes contumaces
Triste, sçauras que c'est de mépriser
Tes anciens, les Scribes offenser,
Et les Rabins par iniures pourfuiure;
Puis qu'auec nous en amy ne veux viure,
Tu sentiras nostre indignation.

CHOEVR.

Eux qui se plaisent à malfaire
   Redoutent tousiours la clarté
Qui souuent par son ministere
   Reuele leur meschanceté.

L'enfant recule de sa bouche
   Ce qui ses douleurs amoindrit,
Et la playe abhorre la touche
   De l'emplastre qui la guarit.

Ceux qui dans leur ame chancreuse

Sont rongez d'vn secret poison,
Ont la verité odieuse
    Qui découure leur trahison.

Mais vous seueres hypocrites
    Qui d'vn port arrogant & haut,
Sans que vos mœurs soient contredites
    Vollez le vulgaire peu caut.

Iaçoit que vostre esprit trauaille
    Pour cacher nos crimes à tous,
La conscience vous tenaille
    Et nourrit vn bourreau chez vous,

Heureux que son forfait n'appelle
    Dedant soy-mesme en iugement;
Et qu'vn soin secret ne bourrelle
    De mille peurs incessamment!

ACTE IIII.

Malchus.   Le Chœur.   La Royne,

Malchus,

N'Esperons plus que le Roy nous maintienne,
Il a trahy nostre cause & la sienne
Pour plaire au peuple, & brigant par sa-
    ueur
L'air du commun, sous feinte de douceur
Il s'est cuidé venger à mon dommage
Et m'exposer à l'indiscrette rage

Du peuple bas: car il se promettoit
Si le vulgaire indignement portoit
La mort de Iean, de donner à son ire
Mon propre chef, s'il n'en osoit rien dire
Il s'attendoit fort cautelensement
De publier que glorieusement
Ce factieux par luy perdoit la vie.
Ainsi les Roys d'une diuerse enuie
Prennent plaisir au sang des malheureux!
Ce que le peuple approuue, est fait par eux
Ce disent-ils, & par leur vanterie
De nos labeurs ils volent l'industrie:
Que si le vent populaire a viré
D'autre costé qu'ils n'auoient esperé,
Sur leurs seruans plus vils la coulpe saute,
Et l'innocent est puny pour leur faute.
La Royne seule ayant part au malheur
Semble vne Tygre orpheline, en fureur
De ce que Iean deuant le Roy retouche
L'accord pollu de sa premiere couche
Disant tout haut qu'on ne peut par la Loy
De son germain l'espouse prendre à soy.
Ie veux, tandis que nouuelle est sa flâme
Aigrir encor le trouble de son ame.
Mais la voici qu'elle s'offre en saison!
Ch. La braise au feu, le venin au poison
Se veut mesler, le grand peril menace.
Mà. Dieu vous gard Royne honneur de vostre race
Seule regnant dignement dessus nous.
Ro. Et vous Rabin Malchus, mais qu'auez-vous?
Ma. Vn mesme soin que ie pensé nous presse.
Ro. Peut estre bien: Mais encor dites, qu'est-ce?
Ma. Quoy! souffrez-vous que vostre autorité

Aille à neant? que cette saincteté
Du nom royal deuienne mesprisée,
Et que le Sceptre au peuple soit visée?
Ro. Mais quel moyen? que seray-ie? dy moy?
Ma. Vne ire en fin dedans ton cœur conçoy
Digne des tiens & de ton mariage.
Ro. C'est desia fait; Ie tempeste, I'enrage,
Ie crie, & pleure, & ne fay rien pourtant
Mes pleurs, mon ire, & mes cris vont au vent.
Ma. Si tu gardois l'autorité decente
Vers ton espoux, cette iniure insolente
Faite à tous deux ne passeroit ainsi.
Ro. Tu vois Malchus du peuple le soucy,
Par sa prison le Roy cuide bonasse
Matter son cœur, & calmer son audace.
Ma. Si vous pensez auoir par la prison
De cét esprit farouche la raison
Vous vous trompez: la beste est plus cruelle
Qu'vn foible trait a renuersé, que celle
Qui tient les forts & les monts escartez:
Si les liens desia sont respectez
Estant dehors que croyez vous qu'il face?
L'ire s'enflamme alors qu'on la menace,
Et vn grand cœur sort des gonds l'offensant.
Ro. Ce bien plustost l'adoucira, pensant
Que la bonté du Roy luy à quittée
Pour son erreur la peine meritée.
Ma. Il sient fort dur, ce que vous pensez doux,
Et de son mal se prendra plus à vous
Que de son bien. Ro. Tu le crois bien farouche?
Ma. Tous les mortels ont presque cette touche,
Du bien receu les souuenirs sont cours,
Du desplaisir ils demeurent tousiours;

Chacun haït la grace qui ranime
En son esprit la memoire du crime:
Se souuenant qu'il vous est obligé,
De son mesfait il se verra chargé,
Et pensera n'en estre encore quitte
Mais exempté par vous de la poursuitte
Iusques à tant qu'on luy reface pis.
Ro. Les plus durs sont par clemence adoucis.
Ma. Par long vsage vne chose accallie
Plus aisément se rompt qu'elle ne plie.
Ro. Que peux-ie donc en cecy dy le moy?
Ma. Facilement, si vous m'adioustez foy.
Ro. Me voila preste, asseurément propose.
Ma. Par soin, trauail, & auis, mainte chose
Se met à fin. Ro. Si l'on n'auance rien
En ce faisant, il vaut mieux pour son bien
Se reposer, qu'apres beaucoup d'affaire
Se rendre en fin la fable du vulgaire.
Ma. Le trauail vainc ce que l'effort n'a peu;
Vn chesne vieil s'atterre peu à peu;
Du premier coup la guerriere machine
N'abbat le mur: souuent le temps affine
Ce qu'on pensoit impossible; & souuent
Sur la raison l'importunité preut.
Meslez aux pleurs la priere, aux furies
La remontrance, & l'ire aux flatteries;
Vostre mary soigneuse caressez,
Et tous moyens pour ce faire embrassez.
Ouuertement si l'affaire n'auance,
Vsez de dol : car i'auray la constance
De ne cesser que ie n'en vienne à bout.

CHOEVR.

L'ennie & les fureurs contre ce S. Prophete
   Monstrent leur cruauté,
   Et l'on vóit d'vn costé
Ce que traistreusement la tyrannie appreste
   Contre la verité,
Qui méprise pourtant cette horrible tempeste.

O pure verité, venerable Deesse
   Que ne peuuent mouuoir
   De son iuste deuoir
La force, la fortune, ou la fraude traistresse,
   Moderant le pouuoir
Que préd sur nous la main de la Parque maistresse

Mais allons raconter à ce Prophete sage
L'estrange nouueauté d'vn bien triste message:
Le voila deuant l'huys des prisons arresté.
Race de saints parens, plus saint qu'ils n'ont esté,
Seul en qui la premiere innocence demeure
Auise à ton salut tandis qu'il en est heure;
Malchus secrettement te trame du malheur,
La Royne à tout l'esprit transporté de fureur,
La Cour s'y laisse aller, le Roy taist sa sentence,
Et pas vn n'ose encor reueler ce qu'il pense.
De l'extréme peril le temps s'auance fort.
            Iean.
De quel peril? Ch. *De ta prochaine mort.*
Ie. *Est-ce là donc tout nostre mal en somme?*
Ch. *C'est le plus grand qui tombe point en l'homme.*
Ie. *Pour du tyran les efforts arrester*

Auec le temps il la faut supporter;
c'est l'heur des bons, des peruers la misere.
Ch. Si tu ne veux ce qui t'est salutaire
Au moins pour nous aye pitié de toy,
Molly ton cœur, fléchy l'esprit du Roy
En le priant, il fera quelque chose
Pour ses amis. Ie. C'est où ie me dispose.
Ch. Et pleust à Dieu qu'il se le mette au cœur.
Ie. Sans le prier i'ay desia cette humeur;
Le Roy veut paistre en mon sang sa colere,
Ie le veux bien: peux-ie mieux luy complaire
Et l'appaiser, qu'en suiuant son vouloir.
Ch. Tout doucement. Ie. Quel est donc mon deuoir?
Deux Roys de moy veulent chose contraire;
L'un est clement, celeste, & debonnaire,
L'autre inhumain, terrestre, & insolent,
L'un me menace, & l'autre me deffend
De craindre rien, & qui plus est m'asseure
De recompense, & si l'un fait iniure
A ce mien corps, l'autre d'un fer leger
Peut & le corps & l'esprit affliger.
Estant ainsi auquel doy-ie complaire?
Ch. Si cette fois se passe sans rien faire
Ne t'atten plus de voir Herodes doux,
Mais en tout temps Dieu prend pitié de nous.
Ie. Tant plus de Dieu tardiue est la colere,
Et plus en fin il se montre seuere.
Ch. Méprises-tu la mort que Dieu regnant
Peut estre à tous formidable, & craignant
Qu'un desespoir n'entreprist de desioindre
L'esprit du corps, a voulu les conioindre
Du mutuel & saint lien d'amour.
Ie. Ce n'est mépris, mais par la mort d'un iour

Ie veux fuir l'eternelle, & veux rendre
L'vser de l'air que Dieu m'auoit fait prendre,
Ch. Tu nous lairras orphelins en ce lieu?
Ie. Orphelin n'est qui pour son père a Dieu.
Ch. T'émeus-tu point pour les pleurs & tristesses
De tes amis qu'à ce tyran tu laisses.
Ie. Ie ne les laisse ils m'ont abandonné:
Par le chemin de tout temps ordonné
Ie cours la mort, sous cette loy derniere
Nous iouïssons de la douce lumiere;
Vn mesme sort nous oblige au trespas,
Et chaque iour nous y meine au grand pas.
Dieu aux meschans donne la mort pour peine,
Aux bons pour port de leur course lointaine,
Et pour entrée à la vie, qui lors
Nous va guidant plustost renez que morts,
A la maison de lumiere eternelle;
C'est le sortir de la prison mortelle,
Et le passage à la vie sans fin.
Nos pères tous ont tenu ce chemin,
Nous le suiurons estant hors la barriere
Le coureur tend au bout de sa carriere:
Qui ne voudroit tourmenté sur la mer
En temps obscur dans le port se fermer?
Et quel banny en estrange contrée
Refuseroit de son pays l'entrée?
Donques ayant mon cours paracheué
Ie suis ioyeux à ce poinct arriué,
Exempt bien tost de la mer de ma vie
Ie voy la terre & rentre en ma patrie
Pour contempler le père de bonté
Ce père là qui la terre a planté
Dedans les eaux, mis les cieux sur la terre,

Reglant le train du Ciel qui toufiours erre,
Aucteur, recteur tout feul de ce grand corps,
Par qui tout eft, tant les vifs que les morts.
Comme la flamme en haut va volontaire,
Les eaux en bas d'une cheute legere,
Comme tout tend à fon propre element,
Mon ame ayant du Ciel fon mouuement
Afpire à Dieu plein d'eternelle grace,
Que voir c'eft vie, & mort ne voir fa face.
Quand le caucafe horrible & bruineux,
L'onde irritée, & l'air tourbillonneux
M'empefchergient, ou l'ardeur exceffiue,
I'y veux aller, il faut que i'y arriue
Voir tant de Ducs, de Prophetes, de Roys,
Quand mille morts enclorroient les deftroits:
Hors la prifon de ce corps recelée
Là mon efprit veut prendre fa volée,
Nous irons tous toft ou tard auffi bien,
La longue vie à mon aduis n'eft rien,
Qu'vn lent feruice en une prifon dure.
O mort, relafche aux trauaux qu'on endure!
Mort, de tous maux feure tranquillité!
Bien, que fort peu de mortels ont gouflé!
Peur des mefchans, & des bons l'auantage,
Dedans ton fein reçoy ce corps naufrage
Et le conduy au repos eternel,
Loin de l'outrage & du dol criminel.
Ch. O toy heureux d'auoir tant de conftance!
Nous malheureux, craignans par deffiance
Et accident qui nous rendroit contens,
Puis que tu fais felon que tu l'entens,
Nous te difons vn Adieu pour la vie.
   Que les pauures humains d'une diuerfe enuie

Ont l'esprit agité! celuy ne craint la mort
Qui se iuge innocent; l'autre la craint si fort
Parce qu'il a failly qu'à la moindre menace
Il tremble tout de peur, & deuient tout de glace.
Les meschans vont fuyant le trespas douloureux
Par les feux, par les eaux, par les deserts pierreux;
Les bons pour le cercher és choses plus faschenses
Precipitent ialoux leurs ames genereuses:
Car la mort aux meschans ses biens ne montre pas,
La plus heureuse vie est proche du trespas:
L'homme ne meurt point tout la partie plus digne
Méprise les buchers, & vers là haut insigne
Remonte en sa patrie, ou les ames sans mal
Ont leur siege certain dans le nombre fatal
Des habitans du Ciel: mais les sœurs Eumenides
Auec leurs cheueux tors en couleuures huides,
De Cerbere glouton le rauissant gosier,
Et Tantal qu'on ne peut iamais rassasier,
Dans le lac ensoulfré tourmentent les coulpables.
De là l'espoir des bons, la peur des miserables,
De là les gens de bien veulent dans le danger
A vn viure sans fin leurs fresles iours changer.
O puissante sorciere en tes charmes flatteuse,
Vie, d'vn bien trompeur vainement amoureuse!
Par tes allechemens tu retiens les humains
D'éuiter leur misere, & clot à leurs desseins
Le desirable port d'vne paix eternelle;
Où du son martial l'effroy ne les appelle,
Ou iamais la trompette enrouëe ne bruit,
Ou nul Pirate en mer le marchant ne destruit,
Ou le cruel larron le coin d'vn bois n'assiege,
Ou le voleur d'vn Sceptre ocieux en son siege
Pour estre seul heureux ne trame à ses suiets

D'vn desir forcené maints malheureux proiets,
Accablant les petits de sang & de ruines,
Et du peuple donnant les ames les moins dignes
Pour des tiltres venteux remplis de vanité:
Mais le tranquil repos, l'alme felicité
Auec la probité y tiennent leur empire:
Là ne peuuent au iour nulles tenebres naire;
Là le viuant n'apprend quelle est la mort d'autruy,
Et le plaisir parfait n'y connoist point d'ennuy,
  De la maison du corps ô douce hostellerie!
Trop aimable prison, qui retiens nostre vie!
Deliure maintenant de tes magiques nœuds
L'esprit germe du Ciel, que tu tiens, oublieux
De sa propre patrie, & yure en sa molesse
Du venin Lethéen endormant de paresse
Qui se plaist trop au ioug de son lict estranger,
Ouuerture de fange, habit plein de danger!
Repren l'estat cherif de sa premiere cendre,
Afin que dans le Ciel l'ame se puisse rendre
Ouuerte des rayons de la pure clarté:
Cerche de tes douleurs en la mort la santé,
Et du soin angoisseux ton pauure esprit exempte.

ACTE V.

La Royne.

EN fin Malchus a trompé mon attente,
Le Roy trahit & son Estat & moy,
Des bruits du peuple estant trop en émoy,
Ie doute encor de ce qu'à fait ma fille
Qui le Roy pour vne danse habile

En plein festin, à promis d'accorder
Sa volonté; elle doit demander
Dedans vn plat de Baptiste la teste,
Et pour certain obtiendra sa réqueste.
Si ie connoy le courage du Roy,
Il en mettra l'ennie dessus moy;
Mais pour cela ie prendray patience,
L'aise & le gain seront ma recompense.
C'est honte à moy d'vser de cruautez,
C'en seroit plus voir tant de Royautez.
Voicy ma fille à propos qui s'auance
Auec le Roy. Plus proche est l'esperance,
Et plus l'on craint. Dieu meine tout à bien.

Herodes.   La Fille.   La Royne.

He. As-tu pensé ce que tu veux du mien?
Fil. Ouy; si des Roys les promesses Royalles
Sont en effet certaines & loyalles.
He. N'en doute point i'en ay fait le serment
Deuant tesmoins, demande asseurément
Quoy que ce soit, tu l'auras, ie l'ordonne,
Fust-ce vne part de ma propre Couronne.
Fil. Nous en sçaurons bien tost la verité.
He. Parle: c'est fait. Fil. Gardez la Royauté,
Quand vous regnez, ie regne par semblable;
Ma demande est facile & raisonnable.
He. Il tient à toy, pas vn ne la debat.
Fil. Donnez le Chef de Baptiste en ce plat.
He. Quelle parole, ô ma fille imprudente?
Fil. Prudente assez. He. Mais à toy mal seante,
Fil. Perdre vn haineux est-ce mal fait à moy?
He. Merite-il la colere d'vn Roy?

Fil. Par démerite il l'a bien merité.
He. Hé, que diray-ie à la plebe irritée?
Fil. Le Roy commande, & le peuple obeit.
He. Le iuste Roy la iustice cherit.
Fil. Ce qu'vn Roy veut est iuste, fust-ce crime.
He. Sa volonté doit estre legitime.
Fil. Si la iustice est ce qui plaist au Roy,
La loy ne fait les Roys, ils font la loy.
He. Lon me dira tyran pour cette chose.
Fil. Le peuple craint. *He.* Ouy, mais pourtant il cause.
Fil. Chastiez-le. *He.* Qui me conseruera?
Fil. Aussi le crime impuny vous perdra.
He. L'amour du peuple est aux Roys salutaire.
Fil. Plus que l'amour leur crainte est necessaire.
He. Vn Roy cruel de hayne est opprimé.
Fil. Vn Roy trop doux, n'est pas tant estimé.
Ro. Tous ces discours ne tendent qu'à finesse
Pour eluder en fin vostre promesse;
Vous ignorez des Roys la function;
Et discernant de mesme affection
Que le commun, le honteux & l'honneste,
Vous vous trompez; le vulgaire s'arreste
Aux mots d'amys, freres, sœurs, & prochains,
Mais pour les Roys tous ces noms là sont vains:
Quiconque met sur son chef la Couronne
Ne doit auoir nul esgard à personne,
Pour son profit trouuer rien de honteux,
Et n'estimer nul acte vergongneux
Que pour son bien il peut aisément faire:
Vn Roy despend le salut populaire,
On aide au peuple en conseruant le Roy.
Le sang d'vn homme est-il tant enuers toy
Que iour & nuit ton ame en soit constrainte

Sans repoſer? oſte nous cette crainte,
La honte au Sceptre, au Palais le deſert,
Cette rapine & ce trouble ſouffert;
Eſtabliſſez vn arreſt exemplaire
Par qui les Roys ſont ſacrez au vulgaire;
S'il a failli, qu'il meure par la Loy;
S'il n'a failli, qu'il periſſe pour moy;
Donne le moy; ou ſi ie te ſuis vile,
Tien pere & Roy ta promeſſe à ta fille.
Hé. Ie luy tiendray ma promeſſe en effet;
Mais qu'elle face vn plus ſage ſouhait
S'elle m'en croit. Ro. Elle n'en doit rien faire
De mon auis. Hé. Quoy! i'ay donc temeraire
Iuré trop toſt! trop toſt ma foy promis
A vn enfant! & men regne ſubmis,
Mes biens, moy-meſme, au plaiſir d'vne femme!
Ro. Il faut des Roys que la foy ſoit ſans blâmes
Hé. Ne le pouuant honneſtement nier,
Ce que ie puis encor pour le dernier
Ie le vous di, ne faites rien indigne
De voſtre ſexe & Royalle origine.
Ro. Laiſſez ce ſoin à noſtre liberté.
Hé. Si ce Prophete eſt par vous mal traité
Sur vous la faute & le mal en doit eſtre.
Ro. Or i'ay vengé la dignité du Sceptre
A l'aduenir pas vn ne s'en rira,
Et à ſon dam le vulgaire ſçaura.
Parler des Roys en toute reuerence;
Et iuſte ou non, porter en patience
Quoy que ce ſoit qu'ils voudront ordonner.

CHOEVR.

Ovr quoy Ierufalem ces cruelles tempeftes?
D'où vient que tu feuls contre les faincts
   Propheres
  Pleine d'impieté?
Le Preftre à tes mesfaits participe luy-mefme,
Et le peuple idolatre en ce malheur extréme
  Son Seigneur à quitté.

Au lieu de Dieu, le bois & la pierre on honore,
Et l'ouurier, le trauail de fa main propre adore,
  Tant tout eft vicieux!
Auffi le fang du iufte en iugemènt t'appelle,
La vefue & l'orphelin defia de leur querelle
  Ont penetré les Cieux:

Bien toft le grand vengeur de la fimple innocence
De tes mefchancetez punira l'infolence,
  Quelque vainqueur viendra
Poffeder tes labeurs, tes fortes tours deftruire,
Et ou fit Salomon fon haut Temple conftruire,
  Il y laboùrera.

Las, tandis que de Dieu l'attente fe conuie
A l'heureux repentir de ta mefchante vie,
  Ceffe d'idolatrer,
Du fang de tes prochains ne fois plus alterée,
Et chaffé de l'argent la faim démefurée
  Qui te fait tant errer.

Mais tu n'en feras rien c'eft chofe trop certaine,

Aussi iusqu'à tant qu'ayes souffert la peine
Condigne à tes pechez,
Sur toy tu sentiras tant que seras en terre
Et la peste, & la faim, & les maux de la guerre
A iamais attachez.

Messager. Le Chœur.

Me. Où sont les gens du Prophete Baptiste
Que ie leur conte vne nouuelle triste?
Ch. Arreste vn peu si tu n'es trop hasté,
Contente moy de cette nouueauté.
Me. Peut estre aussi qu'elle se pourra cuire.
Ch. Quoy que ce soit tarde pour me le dire.
Me. Tu sçais ce qu'à la fille desiré?
Ch. Le Chef de Iean dans vn plat separé.
Me. Le Chef de Iean dans vn plat elle emporte.
Ch. O cruauté! elle est donc seche & morte
Cette vigueur & celeste beauté!
Et ces discours si pleins de sainteté
Sont reserrez d'vn eternel silence!
Me. Ne pleure point, cesse cette imprudence.
Ch. Ne pleureray-ie en ce cas malheureux?
Me. S'il faut pleurer pour les morts, c'est à ceux
Desquels l'espoir se perd auecques l'homme,
Ne croyans pas qu'apres vn bien court somme
Doiuent vn iour resusciter nos corps
Pour viure encor: les miserables morts
Sont à pleurer: nul n'est fait miserable
Par la fortune; or qu'vn terme semblable
Se rende aux bons comme aux meschans fatal,
Qui viura bien, ne mourra iamais mal.
Si par la mort vous iugez les miseres,

Vous tiendrez donc malheureux tant de peres,
Que l'eau, la flame, & le fer ont peris.
Cil qui de Dieu & des loix du pays
Vray protecteur à souffert la mort blesme,
Nous encourage à desirer le mesme
Et bien-heurer sa memoire d'honneur.
Ch. Vous dites vray: mais nous qui par erreur
Laissons mener nostre foible ceruelle,
Fuyans la mort nous courons apres elle:
L'onde engloutit ce qu'à laißé le feu,
La peste prent ce que la mer n'a peu,
Le vieil soldat vient languir à sa porte,
Ou tost ou tard le destin nous emporte,
Et nous payons l'vsure du seiour
En pleurs, en maux, en perils nuit & iour,
La longue vie est d'vn long mal la chaisne,
Dont le tißu iusqu'à la mort nous traine,
Et sans penser que quand nous la portons
Nous sommes serfs, simples nous redoutons
La liberté plus que ce dur seruice.

F I N

www.ingramcontent.com/pod-product-compliance
Ingram Content Group UK Ltd.
Pitfield, Milton Keynes, MK11 3LW, UK
UKHW020050100726
13658UKWH00004B/1674